시간은 생명이다

한인주 시집

청어

시간은 생명이다

한인주 지음

발 행 처 · 도서출판 **청어**
발 행 인 · 이영철
영　　업 · 이동호
홍　　보 · 천성래
기　　획 · 남기환
편　　집 · 방세화
디 자 인 · 이수빈 | 김영은
제작이사 · 공병한
인　　쇄 · 두리터

등　　록 · 1999년 5월 3일
(제1999-000063호)

1판 1쇄 발행 · 2020년 9월 10일

주소 · 서울특별시 서초구 남부순환로 364길 8-15 동일빌딩 2층
대표전화 · 02-586-0477
팩시밀리 · 0303-0942-0478

홈페이지 · www.chungeobook.com
E-mail · ppi20@hanmail.net
ISBN · 979-11-5860-880-4(03810)

이 도서의 국립중앙도서관 출판시도서목록(CIP)은 서지정보유통지원시스템 홈페이지
(http://seoji.nl.go.kr)와 국가자료공동목록시스템(http://www.nl.go.kr/kolisnet)
에서 이용하실 수 있습니다.(CIP제어번호: CIP2020034277)

시간은 생명이다

한인주 시집

하고 싶은 이야기

문학의 핵심은 시인데 시는 언어로 그리는 그림이 며 언어로 표현하는 예술이라 합니다.

이제까지 제6시집을 출간해봤지만, 마음속 빈자리 를 어떻게 채워볼는지 감이 잡히지 않습니다. 어 느 독자분은 쉽게 공감한다고 하니 다소나마 위안 이 되기도 합니다.

앞으로 원석을 갈고 다듬어 원하는 옥 만들 듯이 대자연 속에서 시상을 다듬으렵니다.

먼저 연약하고 부족한 저에게 은사와 은혜를 주시 는 하나님께 감사기도 드리고 시집을 멋지게 정성 껏 펴내 주신 이영철 대표님께 고마운 마음을 드립 니다.

청전 서재에서
우송 한 인 주

차례

1부

그늘 아래 산철쭉

사람은 권세가 높아 큰 사람
밑에 있어야 출셋길이 빨라
하지만 나무는 큰 나무 밑은
낙오자만이 사는 방랑자의 터

가요무대 육이오 칠십 년

흘러간 세월 더듬어보면 한국전쟁이란
크나큰 상처가 아물어 가도 여전히
아픔은 지울 수 없고 뼈아픈 설음은
사변 중에 겪은 세대들 가슴 깊이 박혀
그리던 남북통일 못 이룬 한이 서러워

야심한 밤에 매스컴을 탄 가요무대의
흘러간 대중가요는 그 당시의 애환과
고난의 역사를 노래로 심금을 울린다

인고의 세월을 이고 있는 이들이 가도
우리의 전통가요가 애청자들 바람 속에
칠십 년 아니라 저 멀리 끝없이 가리라

강화도에서

교통문화의 혜택을 받은 강화도는
뱃길을 마다하고 강화대교를 설치

이곳을 찾는 많은 관광객들에게
편안함을 느끼게 하고 고난의 역사
발자취를 더듬어 보게 한다

몽골의 침략으로 궁궐의 피난처요
두 개의 양요와 일본배의 사건으로
얼룩진 땅이 오늘날 산천은 푸르러

다른 섬보다 산들이 작고 올망졸망
강화 쌀 생산이 많은 듯 넓은 들판

외적과 싸우다 전사한 수많은 군사들
묘와 비각들은 보는 이들 가슴 에이고

광성보 초지진 등 석축으로 둘러쌓은
요새의 성축은 역사의 흔적이 살아
숨 쉬는 곳으로 후손들께 애국심을
더더욱 불러 일깨우게 하려니

성벽에 기대여 넘실대는 파도 보니
일화에 얽힌 손돌목이 눈에 들어와
울돌목 해협처럼 바다 물결이 거세

슬프게 앗아간 손돌 혼이 파도 따라
하얀 물결을 일으키며 손짓하네

고마운 소금

음식물을 저장하는 데 쓰이는 물질 중 소금은
음식 상하는 것을 막을 뿐 아니라 맛을 내는데
꼭 있어야 함은 두말할 필요도 없으리라

세상에서 가장 맛 나는 것이 무엇이냐고 하니
꿀이요 볶은 참깨요 참기름이요 엿이요 뭐요
사람들이 제각기 말하는데 한 소녀는 소금이라

선선한 바람이 가을 소식을 전하는 어느 날
헤브론교회에서 목회하시는 목사님과 사모님이
서해의 천일제염과 찰보리쌀 한 포씩 들고 와

성경에 너희는 빛과 소금이 되라고 함은 부정
부패를 막고 정의롭고 올바른 사람으로 밝은
사회의 일꾼이요 뭇 사람들의 본보기 됨이려니

올가을 김장을 천일제염으로 맛나게 담가서
정성이 깃든 소금을 주신 목사님께 감사하며
좀 더 소금의 역할을 하는 성도가 돼야 할 텐데

고마운 택배

교통수단이 원활치 않았던 시절엔
원거리를 이동할 때 짐이 무거우면
운반하는 데 매우 힘들고 어려웠다

일반버스조차 드문 시골은 물론
시내를 달리는 서울의 전차에서도
물건을 운반하기엔 매우 불편했다

힘에 겨운 물건은 기차로 화물을
운송할 수밖에 별 방법이 없었다

통신수단과 교통수단이 발달한
현실엔 전화로 연락하자마자 바로
달려오는 차가 이름하여 택배라

섬은 제외하고 육지는 어느 곳이든
이삼일이면 물건이 도착해 받을 수
있고 택배비도 부담스럽지 않아
너나할 것 없이 일 년 내내 이용해

얼마 안 되는 운송비에도 바쁘게 땀
흘리며 친절을 베푸는 기사아저씨
늘 물건을 맡길 때마다 고마운 마음

귀공자가 된 잡초

특히 밭농사에 골치 아픈 게 잡초들의 무질서
끈질긴 생명력과 초고속으로 성장하는 군상들
한눈 팔 사이 없이 여러모로 보호조치를 해도
어느 틈엔가 곡식들은 외부세력에 침식당해

감자꽃 지고 서서히 땅속에서 알찬 알갱이가
서서히 여물어갈 무렵 날갯죽지 거리낌 없이
감자포기 위를 뒤덮어버려 그저 기를 못 펴고
주저앉아 시름시름 축 처져가는 가련한 모습

제일 먼저 손이 가는 게 까마중이라는 잡초
인정사정 볼 것 없이 천덕꾸러기 몽땅 뽑아버려

그런데 어느 날 비염에 좋다는 입소문이 들려
아 차 귀한 한약재로 쓰이는 잡초인 줄 몰랐지
다음부턴 눈에 띄면 모종마다 조심조심 떠서
좋은 땅에 정성스레 이식해 잘 자라길 맘 써봐

무에서 유를 창조하는 게 인간이 추구하는 거
영광스런 길을 더듬어 찾아가는 영원한 세계여

그늘 아래 산철쭉

양지바른 등성이에 고이앉아
봄맞이 햇살 속에서 단꿈 꿀
나이에 까칠한 손에 이끌려
커다란 과일나무 밑 한자리

그 흔한 햇빛조차 외면당해
걸친 옷이 해어지고 몸마저
축나 가냘프고 허기진 몸매

사람은 권세가 높아 큰 사람
밑에 있어야 출셋길이 빨라
하지만 나무는 큰 나무 밑은
낙오자만이 사는 방랑자의 터

그렇게 가야 하는가

금전에만 눈이 멀어 허술하게 한 시설

추위에 따뜻한 물로 몸 풀려는데
화마가 내뿜는 독기 화염에 휩싸여
숨 쉴 공기 한 모금이라도 마시려고
열린 틈을 사력을 다해 찾았었건만
굳게 닫힌 창고인가 아니 감옥인가

화마의 혀 입김 속에 구원의 손길이
미치지 못해 애절한 소리는 식어가고
타다 남은 건물 안은 암흑의 적막

가슴 찢은 가족 눈물 젖은 이웃사촌들
설움을 함께한 수많은 사람들의 분향

육체는 유한이니 언젠가는 모두 가되
영혼은 무한하니 부디 천국에 올라가
만물을 창조하신 하나님 품에 안기소서

금낭화

가느스름한 줄기에 조롱조롱 초롱이 매달려
연분홍 불빛이 허름한 담장 귀퉁이 구석을
빤히 시선이 모이게 비춰 주고 있다

등불 하나면 외로운가봐 줄줄이 매달아
길 잃은 개미떼들에게 후한 인심 쓰려나

사찰에서 석가탄신일에 줄줄이 달아 놓은
연등이 환하게 속세를 반가이 맞이하듯이

가냘픈 몸매에 앙증맞게 매달려 맘 당긴다

긴 머리 수양버들

삼한시대 물결 따라 바람 씻기는 의림지
내로라하는 수백 년 터 지킴 노송들

물가에 지그시 발 담근 몇 그루 수양버들
창포물에 머리 풀어 감은 듯 햇살을 반겨

버들잎마다 알알이 새긴 사연 수면에 띄워
흘러간 세월 속에 멀어져간 그님 그리네

꼰대란 말

요즘 젊은이들이 쓰는 은어 중
노인 선생님을 비하하는 말이라

권위적인 사고를 가지고 행하는
언어나 행동으로 받아들이기에
거부감이나 부담스러워질 때가
있기 마련이기에 생긴 언어이지

시대가 흘러 예전엔 사용하지
않았거나 없었던 언어들이 튀어
나와 건전한 사회에 불신 초래

이해 없이 들으면 연세 높은 분
들이 오해하거나 서운해지는 말

인생은 흐르는 물 젊은 패기가
머물지 않고 언젠가 노인대열에
끼게 되려니 함부로 쓰지 말길

이 세상에 태어나서 평생 좋은
말도 다 못하고 가는데 하물며
귀에 거슬리거나 맘 흠집 내는
언어 삼가해 정답게 살았으면

꿈 이야기

꿈은 이룰 수 없거나 매우 어려운 일
장래의 희망 바라는 것들의 다양하게
쓰이는데 생리적으로 사람이 잠잘 때
꿈은 평상시 잠재의식이 무의식중에
나타나는 현상이라고 하는데

잠결에 나래를 펴듯이 팔다리를 휘저어
훨훨 날아다니고 산꼭대기나 절벽 위에서
뛰어내리면 아찔아찔 땅에 사뿐히 앉혀

젊어서 꿈꿔오던 것이 나이 들어서는
나타나지 않아 말하길 날아다니고 뛰어
내림은 키 크는 징조라고 하니 당연히
나이 많으면 도저히 꿀 수 없는 게지

젊음을 먼 뒤로 한 이들도 맘은 동심으로
돌아갈 수 있겠지만 몸은 동안으로 가고파
아무리 애써도 갈 수 없음을 어이 하리

낙엽일생(落葉一生)

생명줄을 이어주는 나뭇잎
자연의 삼 요소로 나무 몸 만들고

새싹 돋아나 아기 잎새 자라면
그늘진 서늘한 천막 쳐줘

세월 따라 가노라면 그에 걸맞게
풍파에 씻긴 거 서서히 드러나

아예 나잇살을 헤아려 가을맞이

귀뚜라미 소야곡 밤새는 줄 몰라
화사한 옷치레로 다가올 그날을
미리미리 미련 없이 마음 비워

저 석양지는 노을이 아름답듯이

가진 거 다 내려놓아 홀가분
선들선들 부는 가을바람에 업혀

기약 없이 황혼이라는 낯선 길로

노송(老松)의 일생

지구상의 모든 생물은 언젠가는 수명을 다 한다
다만 짧거나 좀 더 아주 길거나 세월의 차일 뿐

수백 년 나이든 아람들 소나무로 둘러싼 의림지
숲에서 솎아내지 않았건만 긴긴 시간을 마감한
노송 한 그루가 널찍한 황토길 모퉁이에 누웠다

모진 풍파 속에서도 굳건히 자리매김 했었건만
천명을 거슬리지 않고 자연에 그대로 순응한 거
두툼한 갑옷을 훌훌 벗어버리고 알몸으로 누워
이곳을 찾는 뭇 관광객들에게 앉을 자리 제공해

온몸 바쳐 오가는 이들께 쉴 자리를 준 노송이여
새긴 이름 없이 갔어도 세상에 보람 남긴 그대여

눈에 선한 성천강

하상이 높아서 수 킬로미터 긴 둑을 만들고
강가에 석축을 쌓아 굵은 쇠줄로 얽어 매
둑 뒤쪽에 파란 잔디를 곱게 입혀 위에서
아래까지 수십 미터 아이들의 썰매 터

납작한 돌에 먹이를 얹어 막대기에 매달아
석축 틈에 놓으면 참게가 먹이 찾아 올라타
먹고 있는 사이 살며시 들어 올리면 그만

장정들은 연어가 산란하려다 석축 쇠사슬에
걸려 이것들을 잡는 재미 빼놓을 수 없어
족대로 얕은 물에 우글거리는 민물새우를
건져 올리는 흐뭇하고 야릇한 손맛 솔솔

서산 넘어가는 햇살이 강물 위를 훤히 빗기면
절굿공이만한 크디큰 잉어들이 물결을 박차고
뛰어오름은 활기차게 생명력을 과시하는가봐

삼십 년 만에 베를린장벽은 여지없이 무너졌건만
쇠 힘줄보다 더 질긴 휴전선 철책은 그저 모르쇠

타임머신 타고 싶은 물처럼 흘러간 먼 시간이여

달맞이꽃

해를 닮아서 해바라기꽃이라면
달을 좋아해 달맞이꽃이라 했나

전설 따라 남아메리카의 칠레 나라

리즈 처녀가 애틋한 사랑 홀로 안고
기다리다 지쳐 달맞이꽃 되었다지

산들바람에 동그스름한 고운 얼굴이
고개 저어 시냇물에 스르르 잠기면
두둥실 보름달 물속을 살며시 엿봐

산골짜기에 숨어 외로이 달맞이하던
그녀가 달처럼 예쁜 황금빛 얼굴로

기다리고 기다리다 밤의 요정되었네

대하랑 꽃게랑 인도교

다리 이름도 유별나게 서해바다 명물 이름
해산물의 몸 구조가 다양해 상징적 표현

이리 구불 저리 구불 올라갔다 내려갔다 해
아찔한 바다 위를 그저 살금살금 조심조심

해풍에 실려 오는 바다만의 특유한 내음
저 멀리 항 어구에 푹 잠에 빠진 어선들
한적한 주위를 배 움켜쥐고 맴도는 갈매기

천국에 올라갈 때 천상의 다리도 이처럼
아름답게 잘 꾸며 영혼을 불러 주시길……

도서관 앞에서

소나무들이 건물을 둘러싸고
틈새로 관목들이 고개 내밀어

금연이란 팻말이 벤치를 지켜
길거리 나뒹구는 담배꽁초를
그나마 볼 수 없으니 다행

작은 나무는 큰 나무 밑에서
자랄 수 없는데 개량 철쭉은
갖가지 색깔로 얼굴 밝히고
나무를 호위하듯 어깨를 펴

소백산 황매산이 산철쭉 축제

산철쭉 먼 길이라 다리가 저려
엄두도 못 내는지 건물 근처엔
개량철쭉이 활개를 펴고 웃어

착잡한 세상살이에 쪼들린 길손
꽃들이 속삭이는 웃음 속에서
지친 소외감을 훌훌 털어보려나

뒤돌아본 자취

일기예보 따라 중앙공원에 하얀 카펫 깔았다

세상 온갖 오물을 탈색해 놓은 하늘의 은혜
차마 발걸음 디디기 미안해 머뭇머뭇 거려

어차피 많은 발에 밟히고 햇살에 사라질 터
맘 바꿔 패션쇼 모델이 폼 있게 걷는 게 생각나
일자형 발자취를 남겨놓으려 한발 한발 디뎌봐

일직선이지 하고 끝 귀퉁이에서 뒤돌아보니
이리저리 비뚤어져 말 그대로 엉망이여라

인생길 모든 게 지나온 과거사 훑어보노라면
하얀 눈 위에 찍힌 발자국 열처럼 흐트러져
유한한 거 무한의 세상서 바로 만들어 주소서

롯데월드타워를 보면서

현대식 건물들 위로 높이 올라가기 원하는가

땅의 넓이는 한정돼 있고 해마다 값이 치솟아
넓이에 제한 받지 않아 위로 올라가 공간구성

몇 십 년 전만해도 엠파이어스테이트 빌딩이 세계
에서 가장 높다고 했건만 거듭되는 세월 속에
각 나라마다 자랑하듯 내로라하는 건물 세워

세계경제대열에 줄을 선 우리나라도 보란 듯이
이름 하여 최고층인 롯데월드타워를 건축해
백이십오 층에 높이가 오백오십오 미터인데
세계에서 가장 높은 빌딩 중 다섯 번째라

일일이 다 둘러볼 수 없어 백이십 층 창가 코너
바닥에다 유리판을 깔아 서울 시내가 훤히 보여
밑을 내려다보니 아찔해 어지러워 발 딛기 겁 나

외국인들도 많이 와서 놀란 눈으로 바라보니
어깨가 으쓱 가슴이 뿌듯해짐은 나만이 아닐 터

고층건물들이 하늘높이 솟는 만큼 우리의 경제도
나날이 다달이 연연이 성장의 속도를 내줬으면

맛있는 찰옥수수

벼 보리 콩 같은 오대 곡식에 들지 않지만
옥수수는 여러모로 식품가치가 높다

옥수수밥 삶은 풋옥수수 떡 술 팝콘 등등
다양한 음식으로 입맛을 돋우게 한다

특히 강원도는 들보다 산이 많아 밭마다
좀 기르기 쉬운 옥수수 재배를 많이 해

강원도 내에서도 영월 평창 정선 지방의
찰옥수수가 통이 알차고 맛이 뛰어나

초가을 어느 날 묵직한 큰 박스 택배로 와
살살 열어보니 연초록 옷 입은 풋옥수수
자잘한 글씨를 보니 전에 같은 학교에서
함께한 K선생님이 직접 가꾼 찰옥수수라

갓 삶아서 따끈한 김이 서린 찰옥수수가
입안에서 알알이 터져 쫀득쫀득 차진 맛을
음미하며 땀 흘린 손길에 정성어린 마음
너무너무 고맙고 감사함을 어떻게 표현하랴

매미의 기도

이 세상에 태어나 긴 수명을 자랑하는 생물이
있는가 하면 하루밖에 못산다 하여 하루살이

뙤약볕을 피해 나무그늘 찾는 농부의 머리 위
언제 왔는지 한 쌍의 매미가 손님맞이 하는가

물이 탱탱이 오른 서늘한 나뭇가지에 앉아서
환희의 목청을 뽑아 싱그러운 여름 냄새 풍겨

길어야 서너 달 남짓 입추 말복이 지나가면
무더위를 고개 숙이게 하는 선선한 바람맞이

즐거웠던 그 시절 회상하며 다가올 종착역에
눈시울 적시며 화살 줄 느슨한 처량한 그 소리

모기야 대답해라

여름철의 골칫거리 중 하나가 모기 극성

한낮에 서늘한 그늘에 앉아 쉬려고 하면
소리도 없이 슬며시 노출된 팔다리 목에
예방주사 아닌 날선 주둥이 살갗에 꽂아

특히 야밤중에 잠을 설치게 가려움주니
좀 봐 줄 수 없어 극약처방 할 수밖에

헌혈도 하는데 너에게 좀 주는 것쯤은
조족지혈이지 하지만 네가 괴롭게 하니

밉다고 하여 너를 손바닥으로 벼락 치면
살생인가 네 원수를 사랑하라고 했는데

곰곰이 생각해봐도 정답이 나오지 않아
말썽꾸러기 모기야 네가 대답해 보아라

2부

비목(碑木)을
생각하며

조국과 국민 위해 젊음을 불사른 무명용사여
이름은 산바람에 숨겨졌지만 무공의 역사는
길이 남아 후손에 나라 사랑 깊이 심어주리라

모란꽃

사람도 사십 대를 넘으면 중년이라는데 심은 지
사십오 년이 됐건만 여전히 이팔청춘이라

해 거듭할수록 풍만한 몸체 많은 꽃송이 피워
선덕여왕의 일화에 모란꽃 향기가 없다고 하나
주홍빛 얼굴에 은은히 퍼지는 향기 그윽하다

꽃 중에 꽃의 여왕이라 할까 아름다운 자태에
벌 나비 다가와 부귀영화의 꽃말처럼 축하인사

백일홍 꽃은 오래도록 핀다는 뜻을 갖고 있는데
너무나 아쉽게도 모란꽃은 여러 날 견디지 못해
촉촉이 내리는 초여름 실비에 떨어지는 한잎 두잎

화무십일홍(花無十日紅)이라 인생의 저 무상함을
비유해 보며 자연의 순리를 다시 되새겨보게 돼

못마땅한 세상

말하기가 좋다고 하여
남의 말을 하지 마라
남의 말을 내가 하면
남도 내 말 하는 거야

세상은 요지경 속이지
일평생 나라에 심신을
바쳤건만 돌고 도는
저 험담에 잠 못 이뤄

갑론을박 하지 말고
공 과오의 비중 달아
옳고 그름을 따져 봐
입으로 하는 정치가가
아니라 오로지 외길로
애국충성 몸 바친 분

마지막 가는 길이 왜
이렇게 고난의 길인가
맨날 과거사에 집착해
내로남불 하지 말고
대전 현충원이 아니라
서울 현충원에 가야지

무더위야 저 멀리

사하라사막의 열풍 중동지방의 고온은
온대지방에서는 예측불허란 말밖에는
표현조차 할 수 없음은 이미 기정사실

근세에 이르러 지구촌의 기후온난화로
무더위가 기승을 부려 열대야로 잠을
설칠 때가 많아 불쾌지수 높이고 있어

하지만 건설현장에서 무거운 걸 나르는
이들은 고층 꼭대기에서도 뙤약볕에
아랑곳 하지 않고 비지땀에 젖은 몸을
이리저리 굴려 책임완수에 심혈을 쏟아

무릉도원의 계곡에 몸 담구며 무더위를
피하는 신선놀이가 아니라 열 도가니
속에서 창조의 보람을 향해 한 걸음씩
나아갈 때 저 내리쬐는 햇볕도 피해 가

문방사우(文房四友)

컴퓨터로 필기를 대신하니 낯서른
문방사우란 단어가 새삼 생각난다

오늘날 고도로 발달한 현대문화의
젖줄은 조상들의 슬기로운 지혜라

특히 우리나라의 문예 중 서예는
고금을 막론하고 동양문화의 꽃을
피워 세계 여러 나라의 관심사로
주목을 받고 있으니 자랑스러워져

중국의 왕희지 서체에 필적할 만큼
뛰어난 석봉 한호와 추사 김정희

독특한 글씨체로 민족정기를 담은
명필가로 진품 명품에 출품되니
다시금 조상들의 출중한 솜씨에
너무나 감회 새로워 머리 숙여져

문인목(文人木)

푸르른 하늘 물동이를 두 팔 벌려 이고
동서남북 바람결에 녹색 옷자락 날린다

소담스레 분화분에 얹은 거야 그게 어디
독야청청 사시사철 제 멋 낼 수 있으랴

갖가지 수목들이 울창한 틈바구니 새에
걸출한 키 앞세워 싱그러운 깃발 날리네

문인 묵객들이여 자연인의 의젓한 자태를
한 편의 시 한 폭의 동양화를 떠올려 보렴

미탄(美灘) 가는 길

수십 년 벼르다가 어느 날 훌쩍 직행버스에 올라
첩첩 산들이 감싸고 있는 구곡간장 같은 도로를
달리며 어린 시절 뛰놀던 동네 차창으로 다가와

산은 옛 산이로되 옹기종기 집들은 간 곳 없고
돌 채석하는 굉음에 중장비 트럭 희뿌연 돌가루

폐광이란 가슴 아리 새긴 공허한 인생살이 터전

코흘리개들이 뒹굴던 저 공터가 왜 작아 보일까

아마도 욕심 없는 순진한 어린이 눈에는 모든 게
흡족하고 마음 들었을 텐데 성장해 나이 들면서
욕망에 찬 기성세대의 흐릿한 눈에는 크지 않겠지

가고파라 타임머신 타고 천진난만한 어린이 세계로

바위취꽃

해바라기꽃처럼 큰 꽃들이 있는가 하면
채송화꽃같이 작은 꽃들이 많기도 한데

유난히 작으며 묘하게 생긴 바위취꽃

여느 꽃의 꽃잎이 다섯이면 똑같게 생겼는데
이건 두 개는 토끼의 귀 닮아 길쭉
세 개는 두 개에 비해 너무 작아 깜찍해

노란 작은 얼굴에 빗 솟은 토끼의 두 귀
빨간 두 점이 각각 박힌 세 개 옷의 칼라

눈에 들어차지 않아도 맘속을 끌어당기는
저 먼 하늘에 눈 깜빡거리는 작은 별들이
돌덤이 틈새로 멋지게 수놓은 은하수여라

방울토마토

아침이슬 얼굴 씻은
방글방글 예쁜 미소

앙증맞은 깜직 몸매
방울방울 맺힌 사연

대롱대롱 형제자매
도란도란 세상얘기

동글동글 고운 얼굴
석양노을 물들었네

백마고지와 화살머리고지

드넓은 철원평야는 따뜻한 햇살과 시원스레 부는
남서풍에 오슬오슬 벼이삭이 황금물결인다

칠십여 년 전 한국전쟁 때 기름진 옥토 지키느라
백마고지와 화살머리고지에서 중공군을 격퇴한
국군의 위대한 전공이 나라를 지키는 초석이 돼

수많은 이름 모를 무명용사가 있는가 하면 때때로
유해 중 유가족 품에 고이 안기는 고인도 있어

앞으로 유해 발굴에 심혈을 기울여 많은 분들이
아무쪼록 국립현충원에 편안하게 잠들게 하소서

백마고지와 화살머리고지는 옛일을 잊은 듯 묵묵히
풍요롭게 무르익어가는 철원평야를 굽어보고 있네

백사장 항(白沙場 港)

빠져나간 썰물이 저만치 서성거리고
휑하니 벗은 하얀 몸뚱이 백사장

사정없이 내려쬐는 따가운 햇볕 속
무슨 보물 찾는 아낙네들의 손길

꼭꼭 숨어라 등허리가 보일라
지적지적 물을 품은 잔자갈 틈에서
밀물을 학수고대하는 굴 바지락

그래 저 멀리서 태풍이 몰려온다고
몇 척 안 되는 배들이 낮잠에 빠져

쏟아지는 햇살 사이로 시원스레 부는
서해안 해풍은 첫발을 디딘 길손의
마음 앙금 없이 후련하게 씻어주네

별이 지다

별들 중의 별
큰 별이 지다

나라의 운명이
백척간두 시절
총칼을 들고
선두에 서서
적진에 돌격한
용장 백 선 엽

낙동강 방어선
다부동 전투를
승리로 이끌고
북진에 승전해
처음 평양 입성

북진통일 염원
민족의 한을
달랬던 그 장군
백세 장수하여
대전 현충원에
영원히 잠들다

보고 싶은 친구여

쉼표 없이 주야로 제 갈 길 가는 저 강물
어디서 와서 어디로 가는가 저 바람아
산새들도 이리저리 날며 보고 품 찾는다

학창시절 원대한 포부 하늘가에 닿았었지

속절없이 흘러가는 세월 붙잡을 수 없어
이팔청춘 뒤로하고 걷는 인생 내리막길

석양빛 감돌아 황혼이 깃든 저녁노을 봐

정답던 친구의 얼굴 하나둘 그려가며
추억 속으로 그리움 보러 찾아가네

복 받을 아주머니

번잡한 거리 아늑한 공간이 아닌
허전한 시내버스 승강장 외진 곳

좁다란 좌판 위엔 군것질하기에
맛 나는 가락엿 소복한 과자봉지
의자에 쪼그리고 앉아 더덕 까기

기다리는 승객 지나가던 길손이
향긋한 더덕 내음 비닐봉지에 담아

저 꼬부랑 할머니 무거울까 봐
얼른 손에 들고 한참 걸어 바래다줘

멈칫멈칫 입맛 다시는 나그네들
가락엿 떼서 달달한 맛을 보게 해
작은 먹거리 사도 뭔가 덤으로 주네

눈비가 내리면 우산에 비닐 가리고
구성지게 부르는 트로트가 흥겹다

남을 배려하는 인심 후한 아주머니
푼푼이 모아져 길목이 좋은 곳에서
영업이 번창하는 축복을 받으소서

봄노래

봄 전령인 개나리 진달래 보다 먼저
올망졸망 꽃봉오리 핀 샛노란 산수유

아물아물 피어오르는 아지랑이 부르고
오밀조밀한 입술을 살그머니 열면서
솔솔 부는 실바람 멜로디에 사뿐히 업혀
산골짝 개울물 따라 졸졸졸 살랑살랑

봄바람에 날리는 눈

거리에 가로수로 심은 벚나무
탐스런 화사한 몸단장을 하고
오가는 길손의 걸음을 멈추게 해

청청하늘에 갑자기 웬 눈발이
햇살을 헤치며 바람 타고 휘날려

바로 이거야 머리 어깨 위에
사뿐히 내린 벚꽃 눈

화무십일홍이라 했던가
꽃들이 다 그런 거 아닐 테지만

꽃망울 핀 지도 며칠 안 되었는데
애꿎은 세월 너무 탓하지 말고
누가 인생사 일장춘몽이라 했던가

유한한 거는 영원할 수 없음을

봄의 미소

묵은 수풀 머리카락 새로 내민 어린 손가락
해맑은 햇살을 손톱으로 튕겨 새 소식 전해

차들의 굉음 희뿌연 미세먼지 속 마다 않고
봄 전령 동백꽃에 화사한 옷치레하면서

산골짝 산봉우리 아니 드높은 하늘가까지
따사로운 웃음 한 해의 새 역사를 쓰려나

봄의 입김

얼어붙은 강줄기 노래마저 잃은 개울
두툼하게 쌓인 눈더미 속에 잠든 잡초
시베리아 바람 맞아 옷 털어버린 나목들

인력은 유한해 대자연에 엄두도 못내

따끈한 온돌은 시린 등허리를 지지고
활활 피는 장작불은 꽁꽁 언 손 녹여
인간이 어찌 심오한 자연을 펼쳐보랴

저 따사로운 햇살에 아지랑이 춤추고
솔솔 실바람에 밭이랑 고개 내민 냉이
정녕 내일 모레 글피 그글피 또 언제
초목들은 화사한 옷으로 봄맞이하려나

붙잡지 못한 세월

한 달이 멀다하고 자주 안부 묻는 전화

어느 날 갑자기 서울의 H제자가 찾아와
그동안 전화로만 이야기 나눴었는데
막상 만나보니 너무나 반갑고 고마워

혼자 온 게 아니라 예전에 같이 근무했던
P선생님과 동행해 동료교사였던 옛정 나눠
십 년이면 산천이 변한다는 옛말이 있듯이
삼십오 년 흘러간 문턱에 처음 선 사제지간

앳되었던 얼굴에 주름이 접히고 간혹 머리에
잔서리가 내려 세월의 무상함을 엿보게 해

추억의 묶음을 하나둘 풀다보니 해가 서산서
인생길 아- 옛날이여 그립던 노을을 그리네

비목(碑木)을 생각하며

총성이 멎은 지 칠십여 년 백암산 계곡은
탄흔의 자국을 수풀로 감싸 안은 산새들의
안식처로 전쟁의 후유증이 치료되고 있다

이끼 낀 돌무덤에 얹혀있던 녹슨 철모는
충혼의 상징이요 민족혼의 위대함이여

조국과 국민 위해 젊음을 불사른 무명용사여
이름은 산바람에 숨겨졌지만 무공의 역사는
길이 남아 후손에 나라 사랑 깊이 심어주리라

휴전선 철책 너머로 싸늘히 불어오는 북풍아

따사로운 평화의 남풍 품에 고이 안겨 사랑의
메시지로 꽁꽁 얼어붙은 북녘 땅 녹이려무나

빛바랜 자두나무

때론 혹한의 엄동설한 맨몸으로
돌고 돌아 사십여 년 긴긴 나날을
담장 귀퉁이에 기대여 묵상하는가

봄 시샘하는 싸늘 바람 덮치는데
그래도 자연의 법칙을 어길세라
하얗게 꽃잎을 열어 그만이 가진
그윽한 향수 바람결에 훌훌 뿌려
메마른 세상사 소외된 구석구석에
따스한 봄 향기로 새움 돋게 해

사라진 자두나무

해마다 새콤달콤한 자두를 맘껏 맛볼 수 있었지

담장 한쪽 텅 빈 자리가 눈에 자꾸 어른거려
길다면 긴 삼십오 년 한 울타리 안에서 늘
밤낮을 같이 해온 빛바랜 정들었던 자두나무

붙잡지 못한 세월 속에 달걀만큼 크던 자두가
기력이 떨어진 나뭇가지마다 꿩알처럼 매달려

자두꽃이 한창 필 무렵이면 웬 진딧물 천지라
살충제를 살포하지 않으면 자두 얼굴 볼 수 없어
허약해진 몸이라 면역력이 떨어져 벌레가 기승

엎친 데 덮친다더니 여름 한철이면 잎이 무성해
담 너머 장독대 그늘지게 하고 가을이면 낙엽이
날리니 이웃집 아줌마의 이맛살에 주름지게 해

수십 번 망설이다가 결단코 미련을 두지 말자고
가슴 아림을 겪으며 버리게 되니 너무나 섭섭해

사라진 책 카페

사거리 여성도서관 옆에 붙어 있던 책 카페
오가는 사람들이 책 보는 이보다 쉬어가는
이들이 더 많은 곳 어느 날 상점으로 변신

전에는 취향에 맞는 책을 골라 보는 재미도
있었건만 모습 사라지고 책들과 헤어지다니
너무 섭섭해서 그곳을 지나칠 때마다 시선이
쏠려 머뭇거려지 짐은 나만이 아닐 테지

아마도 독서하는 사람보다 갈 곳이 별로 없는
노인들이 삼삼오오 모여 잡담으로 자리 차지
본연의 취지가 무색할 만도 해서 아예 탈바꿈
했으리라 여겨지건만 그래도 너무나 서운해

마스크 대란

공사장에서 먼지를 걸러내기 위해
써야 했던 마스크였었는데 시대의
변천에 따른 오염된 지구촌마다
너나 할 것 없이 입마개 세상 돼

제아무리 정밀 기계화된 세계라
할지라도 하늘에서 쏟는 우박처럼
엄청난 마스크를 생산할 수 없어

제한된 시간에 정해진 수의 마스크
구입이라 줄을 잇는 행렬 인간 구성

형태 냄새조차 없는 코로나의 기습
그 큰 재앙이 오리라 예감 못 하고
손 쓸 새 없이 수많은 생명 아사가

시작이 있으면 반드시 끝이 있듯이
병마를 없애고 서로 사랑이 넘치는
화평한 새날이 오길 하나님께 기도

3부

여울노래

한낮엔 꾀꼬리노래
풀숲 새로 여치노래

산에 올라 바람노래
뭉게구름 몸짓노래

서리 올 텐데

햇살이 빗겨가는 늦가을 석양 들녘

코발트 하늘 속으로 방향을 접는 채
저 가냘픈 몸짓으로 햇살을 헤치고
계절의 바뀜을 전하는 고추잠자리

저물어가는 시간 못내 아쉬워하며
무릎에 내려놓은 팔뚝 위에 발 딛고
커다란 눈망울을 굴리며 가을 영상

고목에도 꽃 핀다지만 오래 갈리야
새빨간 꼬리 자랑하건만 얼마 가랴
무한의 세계에 들지 못해 유한한데

황혼빛 서린 들에 부는 서늘한 바람아
어디서 왔다가 어디로 가는가

소나기 재

발걸음 멈추게 하는
굽이굽이
돌고 도는 고갯길

청청하늘에 웬
산천을 울리는 소리

어디선가
먹구름 몰려와
왈칵 눈물 쏟아내

아 하늘도 서글펐던지

허리 굽혀 조아리는
노송들 어루만지며
단종의 애달픈 사연
참지 못해 울음 짓는
저 소나기여

소림(小林)

육칠십 년 전만 해도 산들이 헐벗었지
울창한 숲을 이루니 살림살이도 풍성
우람한 나무들이 우거진 숲속보다도
아담한 나무들이 오순도순 모여 있는
아늑한 숲이 친근함과 포근함을 줘

흘러간 세월 되돌아보게 된 한 소녀
학생실기대회 나가 시 부문 장원이라
너무 기특해 먼 훗날 시인이 되라고
소림이란 호를 준 후 몇 십 년 흘러

아프리카 동남아시아 중국을 두루두루
다니며 선교사의 사모로 선교에 전념
재능이 뛰어나 문단에 등단 작품 활동
그의 시가 참신해 옹달샘의 생수 맛

샘물을 둘러싼 무럭무럭 자라는 싱싱한
작은 숲처럼 생기 넘쳐 언어로 표현하는
예술인 시를 더더욱 멋지게 읊어 주리

손녀의 선물

사람이 의상으로 갖추어야 것들 중
대표적인 것이 의복 모자 신발이라

뒤돌아보면 그 옛날 짚으로 엮은
미투리 끌다가 검정고무신 걸치고
탈바꿈한 운동화란 걸 신어봤지

첨단산업의 산실에서 나온 신발들
눈부시게 디자인돼 가격도 일반
구두보다 더 나가 예상치 못한 값

상점 진열장에 제멋을 낸 눈요기들
지나쳐가면서도 눈에 삼삼히 남아

어느 날 온 택배 열어보니 새 신발
색깔에 모양새가 곱고 걷기에 편한
구조로 만든 일명 스포츠운동화여

방학동안 쉴 틈도 없이 알바해서
푼푼이 모으고 모은 노고 스며든
품삯으로 엄청 비싼 고급 운동화를
무슨 생각을 하면서 선 듯 사서
외진 곳에 사는 내게 선물했을까

어리광 부리던 코흘리개가 세월의
흐름을 타고 의젓한 대학생이 돼

커가며 남을 배려해 주위에서 많은
칭찬을 받으며 학업에 열중하면서도
산업전선에 뛰어 들어가 벌이하다니

손녀가 너무너무 귀엽고 고마워서
바로 신고 활기차게 걷고 싶었지만
정성어린 맘 아까 와 소중히 간직
했다 신으려 고이 싸서 선반에 얹어

아끼는 맘 서리고 서려 운동화 신을
그날이 오길 기다리면서……

시간은 생명이다

뒤돌아간 추억을 찾아 오십오 년 전일
한창 물 오른 나이에 저 지하막장이란
탄광굴 속에서 석탄을 채굴하는 노동에
생계를 위해 비지땀 흘리며 일한 적이
있었는데 지금 돌이켜 보면 꿈만 같다

깊은 땅속이라 햇빛이 들어오지 못해서
바로 코앞에 있는 동료를 볼 수도 없고
새까만 탄가루와 화약연기 때문에 숨이
막차고 지열로 온몸뚱이 땀범벅이 되니
에너지 소모가 이만저만이 아니여라

예전에는 탄진 마스크가 보급되지 못한
낙후된 시대라 그냥 수건으로 입 코를
가리거나 집에서 엉성하게 만들은 수제
마스크를 쓰고 작업을 할 수밖에 별다른
방법 없었는데 다행히 모자 위에 캡램프가
있어 앞을 보며 석탄을 캐서 운반했었다

사람의 느낌 중에는 예감과 직감이 있어
바로 어떠한 일이 적중될 때가 있는가 봐
따뜻한 햇살이 내리는 어느 봄날이었던가

이상하게도 일터로 가는 길에 발걸음이
무겁고 맘이 언짢아지며 가기가 싫어져
하지만 그곳 다닌 지도 몇 달 안 되고 젊은
혈기라 마음을 돌리며 현장에 가서 일해

갱내애서 여러 해 일한 나이 지긋한 분
하고 같이 경사진 굴에서 삽으로 석탄을
운반되는 통에 부지런히 넣고 있는 중에
천정에서 반짝반짝 빛나는 게 죽 내려와
이름하여 이슬진다고 갱 내에서는 말해
천정을 받치는 기둥 석가래 같은 게 석탄
무게를 이기지 못해서 무너지는 현상이라

참말로 순간 중에 찰나 엉겁결에 삽 들고
뛰는데 뒤를 돌아다보니 기둥이 요동치고
쓰러지면서 따라오는데 앞에는 더 갈 수가
없어 탄층이 막힌 곳이야 그 자리에 엎드려
하나님께 목숨을 구해달라고 간곡히 간구해

한참 후에 정신 차려 둘러보니 삼사 미터만
무너지지 않고 기둥 건너지른 석가래들이
내려누르는 무게를 감당키 어려운지 삐걱

거리는 소리가 들려와 금방 내려앉을 것만
같아 눈을 감고 편히 죽으려고 누워있으니
살아온 모든 일들이 주마등같이 지나가는데

제일 먼저 부모님께 불효한 거 또 남들한테
잘하지 못한 것들이 후회돼 하나님께 사죄해
회개하게 되니 조급한 맘이 가라앉게 돼
기도하는 중 갑자기 쾅 우르릉 소리 나며
막혔던 굴 한쪽 벽면이 갈라져 틈새가 놔

갈수록 삐걱 소리가 심하여 곧 무너질 것
같아서 틈새로 겨우 몸을 넣어 두 길 가량
빠져 올라가니 실내체육관만한 돔 모양의
공간이 생기고 밑에 쌓였던 석탄 더미가
아래로 조금씩 빠지기에 이왕 죽을 바엔
가까운 아래로 내려가려고 석탄 더미 위에
앉으니 몸이 탄가루에 묻혀 밑으로 빠져가

조금씩 내려가던 것이 멈출 때마다 언제
탄 더미가 머리 위에 덮일지 조마조마해져
거듭되는 구조작업에 광차운반 갱 안으로

무사히 뚫고 나와 그리던 눈부신 햇살을
바라보게 됨은 오로지 하나님의 은혜여라

죽음의 갈림길에 선 저 위험한 순간마다
생명의 길이 열림은 찰나의 짧은 시간에
구원의 손길이 있음을 증명해 주고 있다
흔히들 시간은 돈이거나 시간은 금이다
라고 말하지만 시간은 생명임을 말해준다
오 하나님 할렐루야 아멘

아우의 우애

동화 속 옛이야기에 형제간의
우애가 새삼스레 떠오른데
서로 주기를 경쟁하듯이 한 정
그렇게도 아름다울 수가 없다

시집 한 권 가격은 얼마 되지는
않아도 시집 출간하려면 기백
만 원 거금이 들어가니 쉽사리
시집 펴내지 못하는 형편이여라

동생이 어느 날 시집 내라며
출간비 전액을 거리낌 없이
내주니 반가우면서도 주저주저

사랑은 위에서 아래라 하는데
반대로 되니 번지수 잘못 됐는지

일정한 직업 없이 생계유지에
급급할 터인데 무거운 짐 지워

나만의 바람인가 미안한 생각
아우의 고마운 맘 다시 새기며
정성스런 시집 출간되길 고대해

야구는 우리의 인생

많은 스포츠 중 야구는 여러 경로를 거쳐서 홈에
들어오는 경기로 굴곡이 심한 우리의 인생살이다

안타를 치는데도 일루타 이루타 삼루타 홈런이
있고 안타를 못 쳐도 사사구 몸에 맞는 사구가
있어 루를 밟을 수 있으니 참으로 이거 묘한 수다

한 팀이 승승장구하기란 어렵고 때로는 패해서
연패 십 패를 넘을 수도 있고 절호의 역전 기회를
얻어 재기할 수도 있어 흥미진진한 게 야구

안타 중 홈런은 대박이니 스트레스 훌훌 날려버려
인간의 삶도 짧게 길게 가늘게 굵게 사는 모든 거
야구의 여러 가지 안타나 루를 밟는 거와 같아

골치 아픈 코로나 땜에 야구장 관중석의 텅텅 빈
자리가 너무 허전해 외롭게 경기하는 선수들이
힘 빠지고 맥이 풀릴 텐데도 최선을 다하는 모습이
장하고 내일을 향한 바람직한 삶의 터전이 보인다

야밤 중 침입자

가을무를 심는데 무에 심이 배기지 말라고
붕사를 욕심껏 뿌리다보니 새싹들이 노래져
며칠 지나도 자라지 않아 삽으로 갈아엎고
다시 씨앗을 사다가 정성스레 이랑 만들어
비싼 씨앗 아끼느라 몇 알씩 조심조심 심어

이래저래 시일이 지나 늦게 싹터 고개 들어
그런대로 무 잎이 제대로 자라는 것 같아
맘 놓였는데 어느 날 가보니 뜯긴 머리 돼

움푹 팬 발자국 보니 고라니가 다녀간 모양새

말뚝에 까만 비닐을 매달아 바람에 날리게 해
사람 그림자라도 보이면 차마 오지 않으려니
눈이 밝고 냄새를 잘 맡는지 모든 게 허사라

올해 배추 무가 잘 되지 않아 값이 오를 텐데

산속에서 먹을 게 없어 염치불구하고 담 넘은
고라니가 어찌 보면 불쌍하고 가엽게 여겨
없는 이에게 선심 좀 쓴 셈치고 그저 허허허

어긋난 주례사

그전엔 한복 곱게 차려 입고 회갑잔치 했었는데
요즘 인생 칠십 고래희란 말 저 멀리 사라져

죽마고우였던 친구가 사십도 못 넘기고 떠나가
못내 가엾었는데 외아들마저 오십을 못 채우고
엄마 간 지 얼마 안 돼 갑작스레 세상과 이별

결혼식 날 주례사에 두 사람이 백년해로하라고
했었건만 약속 아닌 덕담 말이 그만 빗나가 버려

흔히들 백세시대라고 하지만 현대병이 난무해
인명은 재천이라 해서 인력으로 막을 수 없던가
특히 심장병은 다른 병에 비해 타이밍이 중요
의료시설 열악해서 큰 도시 대형병원으로 이송 중
생명을 살리지 못함은 두고두고 아쉬움만 남는다

여름이 오는 소리

냇물 살찌우는 천둥번개를 동반한 거센 빗줄기
계곡 따라 저 평야의 들판을 적시는 여울소리

푸른 논밭의 곡식들이 서로서로 키 재기 소리
과수원 자두가 알알이 새콤 달콤 익어가는 소리

나뭇잎들이 넓은 그늘 만들려고 펄럭이는 소리
보리밭 사잇길에 노랗게 알찬 속 채우는 소리

그대여 눈 감고 귀 기울이면 풀벌레들 소근 소근

여울노래

덧없이 흐르는 세월
쉼 없이 흐르는 강물

여울목 길잡이들이
머무르라 붙잡건만

다시 볼 기약도 없이
가는 길 너무 아쉬워

저토록 밤 지새우며
자장노래 부르는가

오복을 타고난 사람이라

건강 덕망 재물 장수 고종명을 지니고 이 세상
태어난 사람을 일컬어 오복을 누렸다고 하는데

살아가노라면 궂은 일 험한 일 슬픈 일 지겨운 일
고된 일이 있는가 하면 즐거운 일 반가운 일 등
기쁨을 주는 일이 있어 감사하는 맘 싹이 튼다

인생행로에 고갯길이 있는가 하면 평탄한 길이
있고 좁은 길이 있는가 하면 넓은 길이 있고
어두운 길이 있는가 하면 밝은 길이 눈에 들어

즐겨먹는 음식도 쌉쌀한 거 짠 거 매운 거 신 거
찬 거 시원한 거 따뜻한 거 뜨거운 거 미지근한 거
연한 거 질긴 거 말랑말랑한 거 딱딱하게 굳은 거

여러 가지 감정을 심어보고 여러 갈래의 길 걸어서
몸소 겪어보고 갖가지 음식 맛처럼 음미하는 게
진정 우리에게 주어진 인생살이가 아니겠는가

희로애락을 부여 받은 인생인데 과연 오복을 갖고
두 팔 들어 만세 하는 이가 이 세상에 얼마나 될까

올해도 가누나

보들보들 새싹들이 보슬비에 몸 씻고
아롱다롱 꽃들 입술 벌려 화사한 웃음

팔랑팔랑 초목들이 바람 따라 춤추고
넘실넘실 강물 결이 햇살에 비늘 반짝

색동옷 차려입은 산야는 저 금수강산
해맑은 코발트 하늘 저어가는 기러기

저물어 가는 만추에 서리 내린 채소밭
머지않아 시베리아 북풍한설 오는가

윤회(輪回)

태양이 지나간 자리에
어두움이 깔리고

초승달이 지나간 자리에
새벽이 움터오고

샛별이 지나간 자리에
먼동이 피어나고

꿈결이 지나간 자리에
새날이 밝아오네

인생(人生)살이

추억은 뒤돌아가며
　　역사는 쉼표 없이 흐른다

입 다문 중앙공원

봄 향기 그윽하건만 적막 속에 흐르는 침묵
형체 소리도 없이 전 세계로 번지는 바이러스
큰소리 제때 못 지르고 주눅 들게 한 코로나

저 시장마다 붐비던 사람그림자 찾을 길 없고
대중교통인 택시는 물론 버스조차 텅 빈 자리

주인 없는 벤치는 우두커니 허공만 쳐다봐
문 활짝 젖힌 정자마저 길손을 기다리다가
맥 놓고 지쳤는지 그나마 고요히 잠이 들고

외로이 서있는 가로등 위에 멧새 한 마리가
나그네의 허전하고 쓸쓸한 맘 달래려는가
이리저리 머리 조아리며 구성지게 울어대네

입맛 나는 커피

한국전쟁 때 군인들의 전투 하루 식사로 나온
레이 숀 박스에 통조림 건빵 껌 우유 커피가
들어 있었는데 커피를 맛보니 쓰디쓴 맛이라
맛도 모르고 내팽개친 에피소드가 생각나네

세월이 흐르고 흘러 갖가지 국산차가 많건만
서구문화의 바람결에 실려 온 커피가 활개 쳐

다방은 물론이고 웬만한 시설물마다 자판기
이곳저곳 상점마다 여러 커피 상품이 즐비해

커피의 맛을 달리하는 이름도 다양하고 값도
격차가 심한데 서민들이 즐겨 먹는 것 중에
양이 많고 값도 비싸지 않은 게 믹스커피여

우리의 솜씨가 뛰어나 세계 곳곳에 믹스커피가
인기몰이해 수출품목에 효자노릇 톡톡히 해 줘

쓴맛과 단맛이 조화를 이뤄 우리의 입맛 당기는
커피는 알맞게 섭취하면 피로회복에 도움 되고
나아가 친구와 이웃사람과의 친교역할을 하니
커피야말로 우리의 인생이라 해도 좋지 않을까

입맛 당기는 찹쌀떡

육칠십 년 전엔 가로등이 켜진 한밤중에
목청을 돋우며 외치는 소리 찹쌀떡 메밀묵

먹거리가 충분치 못했던 때라 배가 출출해
간식으로 배를 채우기엔 안성맞춤이었지

생활이 나아지면서 밀가루 식품이 활개를
치니 골목을 휘졌던 그 소리 슬며시 사라져

언제부턴가 우리네 입맛이 되살아나려는지
교회 앞길 건너편 골목에 덩실떡집이란 간판

열 개들이 조그마한 박스에 날개가 달렸네

쫀득쫀득 달콤한 토종 맛에 길들인 사람들
판매하는 찹쌀떡과 시간이 한정돼 있어서
너도나도 줄을 서서 기다려야 하는 인간행렬

덩실떡집의 찹쌀떡이 불티나게 팔릴 듯이
나라 살림살이가 바닥을 치고 뛰어올랐으면

잊을 만도 한데

한창 무더운 삼복더위 어느 날 스마트폰 문자

생소한 이름이 아니라 머리에 각인데 그 학생
십팔 년 전 저학년을 담임했을 때 반장이었지
성격이 활발해서 학생들 사이에 인기가 있었고
성적도 우수했으며 성실해 모범생인 그 여학생

앳된 흔적 없이 성숙한 대학생으로 음악전공

프랑스 파리로 유학 가서 작곡수업에 열중 중
며칠 안 되는 휴가 중 바쁜 일정으로 못 만나
부모님께서 대신해 건강식품 두 박스 보냄은
아마 고령이 된 몸이니 기력회복 하라는 건가 봐

흘러간 어린 시절 그때 담임선생님들의 성함
조차 가물가물 떠오르지 않는데 찾아주다니
너무 고맙고 감사해 부디 애창곡을 작곡해서
사랑받는 작곡가로 성공하길 하나님께 기도해

잊혀져가는 졸업식노래

세월의 물결 따라 모든 문화 급속도로 방향전환

초등학교 졸업식에 졸업생들 사각모 가운 걸쳐
대형 스크린에 영상과 자막으로 분위기 상승화
갖가지 상은 물론 여러 기관 단체의 장학금 수여

예전엔 몇 명만이 타 기관장 상을 받았을 뿐인데
푸짐한 상과 장학금까지 받으니 풍성한 잔치여

매듭 짓는 프로그램에 졸업을 축하하는 노래가
경쾌하고 발랄한 졸업 가라며 해맑은 웃음으로
졸업생과 재학생이 모두 같은 가사로 함께 불러

지금도 졸업식 때 졸업식노래를 부르는 학교라면
졸업식노래 일절은 재학생들이 언니들을 위한 거
이절은 졸업생들이 스승과 동생들을 그리며 불러
끝 삼절은 졸업생과 재학생이 앞날을 기약한 가사

어느 것이 정도라는 게 아니라 정 들어서 그리움을
나누는 석별의 장인 옛 졸업식장의 추억이 새로워

잔설(殘雪)

소나무 서너 그루 야트막한 언덕
봄 햇살이 가느다랗게 잎새 틈을
엿보는 한가히 저물어가는 황혼

겨우내 대지를 뒤덮었던 백설도
봄 입김에 살며시 자취를 감춘 지
엊그제 아닌데 유난히 눈에 띈 게
소나무 밑 몸 사린 한겨울의 전령

살포시 와 땅 내음 음미하고 다들
하늘나라로 갔건만 어찌하여 너만
홀로 외로이 주저앉아 있는가

잠 깬 춘란

몸뚱이만 겨우 의지한 채
달갑지 않은 눈총을 받으며

구석진 곳에 고즈넉이
팔 년 세월을 인고해
오직 새털 같은 희망 안고
꿋꿋이 견뎌온 그날

은은히 미소 띤 환한 얼굴이
녹색 짙은 몸을 살며시 뚫고
분단장에 향수도 뿌렸어

고고한 자태여 문인묵객이
애호하노니 그 체취는
창틀을 넘어가는 천리향이라

4부

함박눈 내리는
날이면

해마다 온 산야를 은세계로 수놓는 함박눈을
자비와 사랑을 아낌없이 주시는 하나님께서
만나로 저들을 아사의 늪에서 건져 주소서

저물어가는 하늘정원

열둘의 몸뚱이는 이리저리 머리를 빗겨
늘 푸름 속에서 빛바랜 갈색만 골라
저물어가는 세모에 훑어 보낸다

머리 위엔 하얀 빙하가 푸른 바다에 두둥실
서산으로 빗긴 햇살이 유난히 눈부시다

세월아 네월아 제발 가지 말라고
하늘정원 모퉁이를 돌아가는 길손이 흥얼

어디론가 떠나가는 기차의 기적소리인가
저 먼 하늘로 점점 사그라져

접시꽃(蜀葵花)

사람들이 오가는 길가 담장에 기대선 접시꽃
훤칠히 큰 키에 진홍색 접시를 주렁주렁 달아
저 뙤약볕을 이고도 길손들 반가이 맞이하네

신라의 문장가 초치원이 당나라에서 읊은 시
농가의 밭에 쓸쓸히 핀 촉규화를 보고 자신의
고국을 그리워하는 외로운 심정 달랬으리라

얼핏 보면 무궁화 같아 화사하면서도 순수한
자태로 꽃말도 단순 편안 풍요라지만 순진해

촉규화로 불리는 접시꽃을 보면 마음이 열려
맥 빠지게 어려운 시대 접시꽃의 환한 미소가
역경을 딛고 일어나는 사랑의 씨앗 되었으면

정성어린 칡즙

심심산골 산등성 깊숙이 한적한 곳
소나무 굴참나무 등 울창한 숲

생명력이 강해 누구에게 뒤질세라
우거진 그늘 속을 죽 헤쳐누비며
층층계단 사다리조차 없는 상층을
낮은 포복으로 밤낮 슬금슬금

이방원의 하여가에서 서로서로가
엉키면서 살아가자는 그 칡덩굴

갈증을 해소하고 열을 내린다는
갈근으로 즙을 낸 거 한 박스 택배

서울에서 H제자가 손수 보내줘
쌀쌀해지는 날씨에 감기에 좋으니
따끈하게 데워 한 컵씩 마시라고

수십 년이 흘렀건만 옛정을 잊지
않고 자주 휴대폰 문자 소식 보내와
H제자여 너무너무 고마워 감사해

정성어린 화장품

사십을 훌쩍 넘겨 중년이 된 여 제자 H가
전에 서울서 내려와 보고 세월의 무상함을
내 모습에서 감지했는지 추억을 되새겨봐

사연인 즉 젊게만 보였던 얼굴에 검버섯과
골 패인 주름살에서 느낀바 컸던지 크림
로션이든 화장품세트를 우체국택배로 보내줘

세월의 흐름 말해주듯 센머리에 빛바랜 얼굴

각박한 세상 살림살이 어려울 텐데 마다 않고
값나가는 화장품을 받고 보니 미안한 맘 들어
어떻게 하면 좋을까 너무너무 고맙고 감사해

세상을 늘 긍정적으로 보고 올곧게 살아가는
H제자여 민낯에 화장해 타임머신 타고 세월을
거슬러 추억이 서리고 서린 교정으로 가고파

제천화폐

지역경제를 살리려고 발행한 제천화폐
평소엔 쓰기가 한정돼 활용해 보지 않아

재난지원금을 모든 국민에게 주는지라
이때 사용해 보려고 주민센터에 방문

주민이 다른 동에 비해 많아 번잡할 터
직원 출근시간 맞춰서 아침 일찍 갔건만
벌써 백여 개의 의자에 앉을 자리 없어

모두 미리 알고 시간 다퉈 남보다 먼저와
수십 분 후 두툼한 봉투 들고 집에 오니
집사람이 나라 빚이 많아 경제 어려운데
이렇게 많은 돈을 그냥 받아도 되는지

목구멍이 포도청 정도는 안 돼도 아쉬운
요즘 몇 십만 원을 갖고 있으니 흐뭇해

코로나로 인해 시장의 상인들 속 아픈데
지역화폐로 다소나마 시들은 시장이 살아
났으면 하는 맘으로 제천화폐를 써 보련다

주물럭 마사지기

음식 중 주물럭거려서 맛내는 것들
우리네 토속음식에서 시발점 찾아
음식 맛의 다양화된 현대인들 구미에
맞는 정보화시대 갖가지 주물럭

타고난 몸 그냥 굴리고 굴리다보니
연륜이 흐를수록 맘대로 말 듣지 않아
인위적으로 원상회복하려 손 마사지
여기저기 주물럭거려 굴레를 벗으려 해

현대문명의 수많은 이기 중 자동안마기

어느 날 예고도 없이 커다란 택배 도착
좁은 방을 거의 차지한 주물럭 마사지기
버튼에 손 닿으면 저절로 온몸 주물러 줘
대나무 효자손 밀치고 등허리를 시원케

산업전선에서 푼푼이 아껴 모아 장만해 준
아들 며느리의 정성에 온갖 피로 사라져
동트는 새벽녘 두 손 모아 하나님께 감사

주민생활체육공원

서구문화가 들어오면서 식생활문화도 많은
변화를 보여 주로 먹었던 탄수화물 음식이
지방과 단백질이 풍부한 음식을 먹는 게
과잉 영양섭취로 과체중 비만이라는 단어를
달고 사는 사람들이 점점 많아지는 현실

매스컴을 통해서 건강에 관한 정보가 줄줄이
나오니 누구나 건강에 관심을 가질 수밖에

우리나라가 세계 어느 국가보다도 의료시설
의료보험제도가 잘 돼 있어서 국가건강검진을
2년마다 꼭 받아서 자기의 건강 체크를 보고
건강관리 철저히 하느라 운동에 관심을 가져

야산에 잡초가 무성하던 외진 곳이 어느 날
불도저 포클레인 트럭들이 요란하게도 드나
들더니 십 개월 지난 후 멋진 공간으로 탄생

이름 일컬어 주민생활체육공원에 남녀노소를
불문하고 틈만 나면 여러 체육시설과 놀이터에
운집하여 취미활동과 유산소운동 근력운동으로
건강 챙기기에 여념 없으니 건강한 내일 보여

죽도 사나이

육지에서 멀고 먼 곳 울릉도인데
울릉도에서도 떨어진 외로운 섬

풍파에 씻긴 바위로 떠있는 죽도

지나간 세월엔 세 가정이 있었건만
아버지 대를 이어받아 한 가정 이뤄

노총각 노처녀 오작교에서 만나
보금자리에 새싹 틔운 게 아들이라

어느 정원 공원에 못지않게 다듬어
온갖 나무 꽃들로 수놓아 꿈 실은 섬

서구식 건축으로 꾸민 가정에서
귀염둥이 안고 오순도순 정 나누며
멋지게 살아가는 죽도 사나이는
늦둥이 아들이 바로 죽도의 보물이야

향토사랑에 불타는 성실한 죽도 지킴이
오늘도 복덩이 아내를 가슴에 새기고
밭고랑 어루만지며 해가는 줄 모른다

죽도의 주인장

해맑은 해수와 해풍으로 다듬어진 섬

그림 같은 집에 아기자기한 살림살이
귀염둥이 재롱둥이 붕어빵 아들이 희망
현모양처 복덩이 아내는 행복의 전도사

궂은 일 마다 않고 밤낮 생활전선에서
성심성의 최선의 노력을 다하는 청년
젊은이 세대에 모범이요 귀감의 주인장

인간극장 시청자들의 사랑을 흠뻑 받아
앞으로 환한 탄탄대로를 걸으며 간직한
꿈의 열매가 바람직하게 결실되리라

멋쟁이 굳센 의지의 사나이가 있는 한
저 푸른 동해바다 죽도는 외롭지 않으리

친구여 미안해

생명을 가진 이들이 날 때는 순서가 있으되
목숨을 다할 때는 순서가 아예 무시 된다

병상에 누워 신음하는 죽마고우와 다름없는
친구를 서너 번 문병 했지만 인명은 재천이라
병마를 물리치지 못하고 저 세상으로 떠났다

부음을 받고 장례식장에 가려고 하니 이웃의
사람들과 가족들이 극구 만류해 주저앉았다

우리나라뿐만 아니라 전 세계를 휩쓸고 있는
코로나 땜에 외출조차 망설이는 이때인지라
바이러스에 감염돼 가족은 물론 여러 사람께
피해를 준다면 얼마나 크게 후회되는 일일까

하늘나라로 먼저 떠난 친구여 영전에 참여해
명복을 빌지 못하고 오늘도 생각 날 때마다
두 손 모아 하늘나라에서 영생하길 기도 한다네

천수(天壽)를 마다한 어머니

인생 칠십 고래희(人生七十古來稀)란 말 잊혀져
식생활 개선되고 현대의학의 혜택 받아 흔히들
백세시대라고 하지만 수명은 천명(天命)이러니

일제강점기를 거처 한국전쟁의 모진풍파 속에서
온갖 눈물겨운 고난을 굳건히 이겨온 어머니
늘 그럴 듯 발품 손품으로 틈 없이 거친 음식
소식(小食)으로 긍정적인 삶을 사셨던 어머니

세월의 돛단배가 저 수평선 너머로 아물아물
안사람이 몸에 좋다는 약초에 끼니마다 정성껏
몸 좋지 않아 종합병원이라 말 듣는 안사람인데
피 한 방울 섞기지 않은 노모를 위해 성심 다해

수명이 백이십이면 천수(天壽)인데 어머니는
다수(茶壽)를 넘어 백십 세까지 연명해 시에서
최고령이라며 시장이 꽃다발 선사하고 큰절해
좋은 날씨에 요일도 잘 선택 첨부터 끝 날까지
영혼을 모시게 됨은 어머니가 하나님의 은총을
받아 소천해 주님의 품에 고이 안기셨으리라 아멘

초롱꽃

꽃들은 거의 고개를 들건만 초롱꽃은
유별나게 고개를 숙이고 묵념하는가봐

심지를 타고 피어나는 불빛을 지키느라
초롱을 씌워 별빛 맞이하러 나왔는가

청사초롱 불 밝혀라 그리운 이 돌아온다

길 잃은 개미 메뚜기들의 눈을 뜨게 하려
어제도 오늘도 등불을 밝히며 기다리네

잘 차려입지 못해도 돋보이는 초롱꽃이여
오늘밤도 초롱 밝히려고 떠날 줄 모르는가

키위

토종의 다래를 닮은 외래종 키위
다래보다 크고 모양도 좀 다르나
갈라보면 과육과 씨앗이 비슷해
새콤달콤한 과즙이 입맛 당겨

팔순이 넘은 생일 집에 온 택배
적혀있는 잔글씨를 눈여겨보니
서울에 있는 큰손자의 이름이여

알바 하느라 찾아뵙지 못해드리니
키위를 드시고 주름살도 펴셔서
오래도록 건강하라는 손주의 정성

아마 어떤 과일보다도 비타민 씨가
많아서 늘어진 피부에 좋은가 봐

오늘도 거울에 비친 구겨진 얼굴을
들여다보며 기특한 손주 맘 읽는다

평화전망대에서

휴전선이 그어지고 철책이 가로막힌 지
여연 간 육십육 년이란 긴긴 세월 흘러

몇 년 전 휴전선 답사할 때에 최전방인
동해안 통일전망대에서 시야에 들어온
거는 왜소한 북한 병사들이 초소 벽에
기대여 축 쳐진 어깨에 멘 총 무거운 듯

서해안 평화전망대에서 시선을 들어보니
휴전선을 지키는 북한 병사들 볼 수 없고
몇몇 농부들 들녘에서 일손 놀리는 모습만

숙사 같은 집들이 몇 채 적막 속에 묻혀
사람 그림자조차 찾아볼 수 없는 허전함

우리네 산은 녹색 짙은 삼림이 우거졌는데
북녘 땅 산은 벌거숭이 군데군데 화전만이
겨우 여름철 색깔을 어스름하게 비춰줘

몇 킬로미터밖에 안 되는 황해도 땅 그저
망원경으로만 눈요기하는데 왜가리 한 마리
어디서 와 어디로 가는지 한 마디 말도 없이
훨훨 날개 저으며 휴전선 너머로 사라져

새들도 맘 놓고 거리낌 없이 드나들 건만
그리운 땅 마음만 굴뚝이지 오고가도 못하는
신세타령 메아리쳐도 무심한 저 휴전선아

평생 고아(平生 孤兒)

평생 부모를 모시고 오순도순
누구나 바라고 원하는 일이거늘

씨앗이 땅속에 묻혀 새싹 틔우고
한 세대는 가고 다음 세대 잇듯이
인생은 영원한 동반자가 아니니
부모를 일찍 잃은 자 고아라

천수에서 십 년을 뺀 연세 어머니
세상 이별하시던 날 막내 사위가
아버님 이제는 고아가 되셨네요

옳거니 맞다 맞아 고아가 따로 있나

그러고 보니 누구나 나이가 많아도
부모를 여의면 다들 평생 고아지

하늘을 재보며

동서남북 사방팔방이 산이어라

고개 젖히고 양팔 들어 쭉 뻗쳐
이리저리 재 봐도 좁디좁은 하늘

우물 안 개구리가 따로 있는가

인간은 자연환경에 순응하는 게
철칙이라지만 때로는 인위적으로
자연을 틀에 맞춰가며 새 역사를
낳는 게 바로 인간의 세상사지

여행 도중 동서남해의 파도소리에
귀 기울이며 우러러 하늘을 보니
우물에서 튀어나온 개구리여라

유한의 세계에서 태어나 유한한
인간이 어찌 무한의 세계를 감히
이래저래 가늠할 수 있겠는가

함박눈 내리는 날이면

장독대에 가지런히 놓인 크고 작은 항아리
머리 위에 소복이 함박눈 이고 누굴 기다려

친구들과 뛰놀다 목마르면 주먹만큼 뭉쳐
시원스레 목을 축이던 흘러간 그 옛날이여

모세가 광야에서 하나님의 은혜로 굶주린
이스라엘 백성을 살린 눈처럼 하얀 만나

저 북쪽 하늘 아래서 주린 배를 움켜쥐고서
하얀 쌀밥 배불리 먹어 보는 게 늘 평생 소원
이라고 애절하게 하소연하는 가련한 주민들

해마다 온 산야를 은세계로 수놓는 함박눈을
자비와 사랑을 아낌없이 주시는 하나님께서
만나로 저들을 아사의 늪에서 건져 주소서

향비선(香飛扇)의 보람

밭일하다가 나무그늘 속으로 들어가
땀방울 말리노라면 어디선가 시원스레
몸을 씻기는 산들바람이 여간 고마워

서예 하라며 선물 받은 본바탕 부채들
시 한 구절을 쓰고 귀퉁이에 난을 친 후
낙관이라고 호 이름 도장을 조심해 날인

고요히 잠든 날 향비선으로 바람을 깨워
얼굴 감싸면 무더위는 저 멀리 사라져

매스컴에 등장하는 자연인이라는 프로
두메산골 나무숲 생활로 속세를 등진 듯
신선한 공기 샘물로 심신을 달래는 사람

하지만 모든 사람들이 자연을 벗어나서
사는 게 아니라 현대문화의 혜택으로
삶을 더 다양하게 누리는 게 아닌가

인위적인 향비선으로 자연풍을 몰아서
자연인답게 자연의 고마움을 되새겨봐

허리둘레

줄자로 물체의 둘레를 재는 게 아니라
건강검진을 할 때 꼭 허리둘레를 잰 다

예전엔 살찐 사람들 보기 드물어 배가
나오면 사장 타입이라 꽤 부러워했지

요즘은 정반대 현상 허리둘레가 굵고
체중계 수치가 올라가니 너나 고민이여

예컨대 식생활문화가 열악한 시대에는
활동량에 비해 영양섭취 너무 빈약하니
에너지소비의 과다로 살찔 여유 없었지

통신수단과 교통수단이 발달한 현시대는
생활수준이 올라가 다양한 식생활문화로
과잉 영양섭취에 운동량 부족이 원인돼
과체중 비만이라는 단어가 꼬리를 문다

과체중 비만이 몸에 병을 가져온다 해서
모두들 체중을 낮추고 허리둘레 줄이려고
걷기를 비롯해서 각종 운동과 다이어트에
열 올리고 있으니 날씬한 저 몸매 부러워

호박넝쿨

널따란 양산 등에 걸치고
낮은 포복으로 등산길에 오른다

어딘들 평탄한 길이 있나
험준한 곳일지라도 마다 않고 그냥

도전해 보노라고 간 것을
제대로 간 거냐고 물어보아도 그저

성공의 비결은 묵묵부답
언젠가는 줄줄이 매칠 복덩이 생각

내친걸음 끈질긴 힘 다해
이길 저길 걷고 걸어 희망의 봉까지

황금붕어빵

찬바람이 서서히 일어 옷깃 여미는 날

한 평 남짓한 천막 안은 솔솔 고소한
내음이 얼굴을 스치고 콧속을 자극해

기껏해야 서너 달 오가는 인파속에 찾는
반가운 손님 비닐포장 젖히며 들어설 때
황금붕어빵은 노르스름하게 맛나게 익어

종이봉지에 몸 숨긴 따끈한 황금붕어빵
행여 식을까봐 고이 덧옷자락으로 감싸
재잘거리며 입맛 다실 손주들이 눈앞에
어른거려 잰걸음으로 파란신호등 켜지길……

장마

오랫동안 내린 비의 양으로 물난리가 나
농경시대에도 물과 산을 잘 다스려야만
나라가 부흥해 백성들 살림이 풍족했었다

일컬어 치산치수는 어느 시대 어느 나라
막론하고 국가정책의 우선으로 실천함이
마땅하거늘 강 건너 불 보듯 수수방관이
큰 화를 불러오고 있으니 참으로 딱하다

사대강의 보는 물 흐름을 느리게 하지만
때로는 다량의 물의 흐름의 걸림돌이 될
수 있고 태양광 설치로 산림을 훼손시켜
산사태 유발의 원인을 제공하게도 한다

큰 강물뿐만 아니라 하천이나 개울물 관리도
철저히 해서 해마다 당하는 수재민이
없도록 정부는 근본적인 대책 수립해야지

소 잃고 외양간 고치는 어리석은 일 없도록
미리 준비하면 막을 수 있다는 신념으로
유비무환을 정치가들은 가슴 깊이 새기길

무궁화

헤아릴 수 없는 수많은 꽃
형태와 색깔도 가지가지
입맛도 다르듯 향기도 달라

몸매를 자랑하는 시기도
전성기를 누리는 기간도
제 나름대로 살림 꾸리기

꽃 중에서 내로라하는
장미 모란 백합 등 많지만
찬바람 모진 서릿발에도
굳세게 자리매김하는 무궁화

무궁화는 끈기 인내 순결과
민족성을 나타내는 무궁무진
영원한 진취성을 상징한 꽃

애국가에 실린 삼천리의 꽃
전국 방방곡곡에 만발하여
세계인의 눈 부러워하게
너도 나도 무궁화 사랑해야지